우리 언제나,
모든 계절에서 사랑을

우리 언제나, 모든 계절에서 사랑을

세상 모든 엄마와 공감하고 싶은 마음 담음 시

초 판 1쇄 2024년 11월 08일

지은이 윤지은
펴낸이 류종렬

펴낸곳 미다스북스
본부장 임종익
편집장 이다경, 김가영
디자인 임인영, 윤가희
책임진행 김은진, 이예나, 김요섭, 안채원, 장민주

등록 2001년 3월 21일 제2001-000040호
주소 서울시 마포구 양화로 133 서교타워 711호
전화 02) 322-7802~3
팩스 02) 6007-1845
블로그 http://blog.naver.com/midasbooks
전자주소 midasbooks@hanmail.net
페이스북 https://www.facebook.com/midasbooks425
인스타그램 https://www.instagram.com/midasbooks

© 윤지은, 미다스북스 2024, *Printed in Korea*.

ISBN 979-11-6910-894-2 03810

값 18,500원

미다스북스는 다음세대에게 필요한 지혜와 교양을 생각합니다.

우리 언제나,
모든 계절에서
사랑을

윤지은 지음

미다스북스

목
차

 ——— 봄

흩날리는 벚꽃잎 따라
내 마음도 살랑

2부 ——— 여름

내리는 비에
내 마음 적시고

 가을

3부

불어오는 바람에
내 마음도 함께 흔들리고

 4부 ——— 겨울

거리에는 흰 눈이,
내 마음에는 사랑이

추천사

2022년 윤지은 작가를 본 첫 만남이 기억이 납니다. 자녀를 향한 엄마의 마음이 가득 담긴 언어와 행동들. '아이는 부모의 등을 보며 자란다.'라는 말이 있듯 아이를 보니 엄마의 사랑이 그동안 얼마나 컸는지를 느낄 수 있었습니다. 함께 독서 모임을 하면서 서서히 저자의 언어가 '시'를 통해 펼쳐지기 시작했습니다. 어쩌면 그동안 경험하고, 생각하며, 고뇌한 흔적이 시인의 눈과 손끝에서 전해지는 글로써 그려진 한편의 그림이 있는지도 모릅니다. "엄마의 사계절은 여전히 아름답다."라는 윤지은 작가의 고백이 저에게는 시로 들리는 이유입니다.

「아름다웠던 나의 소녀 시절」을 읽으며 '소녀' 대신 '소년'을 넣어 저만의 시를 써보았습니다. 덕분에 과거의 나와 만나며 이야기를 나눕니다. 가만히 나의 어린 시절을 바라보니 이 또한 한 편의 시와 같습니다. 책 속에 녹여진 125편의 시는 삶

입니다. 시가 삶이 되고, 삶이 시가 되는 윤지은 작가의 시선이 참으로 부럽습니다.

『우리 언제나, 모든 계절에서 사랑을』. 저에게 다가온 이 시집 덕분에 일상을 새롭게 바라보는 눈을 갖게 됩니다.

- 김진수 (초등교사, 『초등 집중력을 키우는 동시 쓰기의 힘』)

소녀가 여자가 되고 어느덧 엄마라는 이름을 갖게 되었습니다. 경이롭고 아름다운 순간만 있을 것 같았던 엄마의 삶 속에 사실은 고통과 아픔도 꽤 많다는 것을 깨달아갑니다. 시인의 모성과 진솔한 고백이 시로 승화돼 세상의 엄마들에게 공감을 선물합니다.

아이에게 오직 사랑만을 주고 싶었던 엄마, 때로는 눈물로 지새운 인내의 시간을 이겨내고 아이가 스스로 나아가도록 한 걸음 뒤로 물러서기까지. 그 여정을 읽다 보니 코끝이 아려옵니다.

치열하고 뜨거운 육아 터널을 통과하면서 나를 잃어버린 것을 깨닫고 다시 나를 돌보기 시작한 엄마의 성장 과정에 박수를 보내게 되었습니다. 아이가 열어준 세상은 '낯설지만 아름다웠고, 어렵지만 황홀했으며 나를 찬란히 빛나게 한다'는 시인의 고백에 눈물이 흐릅니다. 모든 계절마다 사랑을 나누는 시인의 아름다운 마음을 만나게 되어 정말 행복합니다. 이 시집을 손에 든 독자에게 삶의 의미와 기쁨이 충만하게 깃드는 시간이 될 것이라 확신합니다.

- 정선애 (동화 작가, 『우정 자판기』, 『용용 클럽 용돈을 지켜라』 외)

프롤로그

"여보, 나 빨리 아이 갖고 싶어."

어려서부터 아기를 좋아했던 저였습니다. 그래서 결혼하면 아이를 둘 정도 낳으면 좋겠다고 생각했었습니다. 제가 먼저 고백해서 만난 남자친구는 2년이 좀 안 되는 시간이 흐른 후 지금의 남편이 되었습니다. 사랑하는 남편과 1년이 좀 넘도록 신혼 생활을 즐길 때쯤 저희에게 천사 같은 아이가 찾아왔습니다. 그렇게 제 나이 30살에 그토록 원하던 엄마가 되었습니다. 당시 '골드미스'라는 단어가 유행했던 만큼, 나름 '나는 젊은 엄마다'라고 생각했습니다. 그 패기로, 슈퍼우먼처럼 완벽한 엄마가 되어 사랑 넘치는 가정을 꾸릴 자신이 있었습니다.

하지만 그 자신감은 그리 오래가지 못했습니다. 엄마라는 역할은 생각했던 것보다 훨씬 고됐습니다. 독박 육아로 인해 저의 하루는 아이들의 일과에 따라 정해졌고, 저의 의지는 배제된 채 모든 행동은 오롯이 아이들에게 맞춰졌습니다. 그렇게 시간이 흐를수록 '윤지은'은 잊혀 갔습니다. 주변의 사람들뿐만 아니라 저 자신조차도 '윤지은'을 기억하지 않았습니다. 저를 잃어버렸다는 말이 맞을까요. 점점 '윤지은'이라는 이름은 들리지 않게 되고, 유승 엄마, 유원 엄마(또는 유유맘)라는 이름만 불리었습니다. 저는 그 사실조차 인지하지 못했습니다. 2022년 큰아이의 담임 선생님이신 '밀알샘'을 만나기 전까지는 말이죠.

새 학기를 시작하며 자신을 인플루언서라고 소개한 밀알샘은 여느 선생님과는 달랐습니다. 책을 좋아하시고, 글을 쓰시고, 아이뿐만 아니라 그 아이의 부모까지 마음으로 보듬어 주시는 분이었습니다. 그 감사한 마음에 끌려 저는 선생님께서 이끄시는 학부모 독서 모임, '다독다독'에서 활동하게 되었습니다. 책을 좋아하는, 책과 친해지고 싶은 열댓 명의 엄마들이 모여 함께 책을 읽고 생각을 나누는 시간을 가졌습니다. 부업으로 반찬값을 좀 벌어 보겠노라며 하던 전선 만드는 시간에, 힐링한다며 드라마 보던 시간에 저는 책을 읽고 있었습니다. 쌓여 가는 시간만큼 책을 좋아하게 됐고, 저 자신을 들여다보기 시작했습니다. 선생님의 가르침으로 책을 읽으며 쌓이는 생각들을 끄적이기 시작했고, 그 짧은 끄적임은 결국 시가 되어 하나씩 모습을 드러내게 되었습니다.

뿌듯한 마음에 모인 시들을 찬찬히 읽어 가니 '이 시들을 나와 같은 엄마들과 함께 나누면 어떨까?'라는 생각이 조심스레 들었습니다. 아이들을 키우며 자연스레 느껴지는 엄마의 마음을 나누며 함께 공감하고 싶었습니다. 아이들과 남편 생각에 항상 뒤로 밀어 놓았던 자신에게 관심을 가지고, 잊고 지낸 '나'를 찾으라고 알려 주고 싶었습니다.

정식으로 시나 글쓰기를 공부해 본 적이 없기에, 저의 시는 아이들과 함께한 일상과 제 이야기들로 채워졌습니다. 반복되는 것 같지만, 똑같지 않은 일상과 누구도 먼저 챙겨 주지 않는 엄마의 마음을 써 나갔습니다. 그렇게 3년 동안 써 모은 시에는 저와 아이들의 사계절이 담겨 있었습니다.

오늘 하루, 걸음을 멈추고 하늘을 바라본 적이 있나요?

육아와 집안일로 엄마의 하루는 고되지만, 잠깐이라도 고개를 들어 주위를 둘러보면 우리 곁엔 여전히 사계절이 머무르고 있습니다. 하루를 살아내기가 빠듯해 미처 보지 못했을 뿐입니다. 물론, 아이들로 인해 힘든 일도 있습니다. 그렇지만 아이들과 함께이기에 또 행복하고 감사한 시간입니다. 쉼 없이 바쁜 모든 엄마에게 이 사실을 알려 주고 싶었습니다. 우리가 알아보지 못했을 뿐, 엄마의 사계절은 여전히 아름답다는 것을 말입니다.

순간이 모여 우리의 하루가 되고, 하루가 모여 한 달이, 한 달이 모여 한 계절이 되고, 한 계절이 모여 사계절이, 사계절이 모여 우리의 인생이 됩니다. 그 소중한 시간에 저의 시집과 함께해 주심에 감사드립니다. 당신의 손이 마지막 책장을 덮을 때, 곁에 머물러 있는 계절을 충만히 즐길 수 있길 바랍니다.

1부

봄

흩날리는 벚꽃잎 따라
내 마음도 살랑

유유들아,

겨우내 움츠렸던 세상이 기지개를 켜면

예쁘고 따뜻한 봄이 우리 곁에 도착한 거야.

알록달록 꽃들은 가득 향기를 머금고,

팔랑팔랑 나비들은 꿀을 찾아 날갯짓하잖아.

벚나무의 분홍 꽃잎이 바람에 흩날리면

엄마 마음도 꽃비와 함께 살랑살랑 춤을 출 거야.

이토록 예쁜 봄을 엄마와 함께해 주겠니?

엄마가 되고 싶었다

반드시 이루리라 다짐한
꿈은 아니었지만
결혼 후 1년
나는 엄마가 되고 싶었다

내 안에 작은 빨간 집 지어
포근히 생명을 품고
부른 배 감싸안고서
D라인을 뽐내고 싶었다

콩닥콩닥 작은 심장의
힘찬 소리 듣고 싶었고
볼록한 배 위로 내미는
작은 손발을 만지고 싶었다

더도 말고, 덜도 말고

너와 나 꼭 반반씩 닮은

사랑스러운 아이들을

내 품에 안고 싶었다

예쁘고 착한 엄마 꿈꾸며

날 잃어버리지 않고

잘 해낼 수 있다는 자신감으로

그렇게 위대한 사람이 되고 싶었다

너무나도 아름다운 나의 봄

올해도 잊지 않고
나를 찾아온 너
나도 반가운 마음에
너를 맞아 뛰쳐나갔다

매년 봄이면
약속처럼 찾아오는 너
겨우내 움츠렸던 몸을 펴고
온 마음으로 너를 맞았다

그리고 며칠이나 지났을까
곧 다가올 우리의 이별
너는 봄바람 핑계 삼아
그렇게 눈물을 흩날리는구나

고운 눈물 방울방울 맺혀 있던 곳

초록빛 생명 돋아나고

너를 반겨 맞이한 내 가슴엔

또 한 번 봄이 진하게 물든다

나의 아름다운 봄은

만개한 너의 웃음과

흩날리는 분홍빛 눈물로

그렇게 또 지나간다

너의 푸르른 나무가 되어

너의 고운 두 손에 안기어
땅에 몸을 누이고

너의 따뜻한 사랑으로
싹을 틔우고

너의 지극한 정성으로
열매를 맺고 싶다

나의 싱그러운 새싹으로
너의 마음에 희망을 주고

나의 달콤한 향으로
너의 코끝을 즐겁게 하고

나의 시원한 열매로
너의 갈증을 달래 주고 싶다

나의 푸르른 잎으로
너의 더위를 식혀 주고

나의 단단한 가지로
너의 걸음을 함께하고

나의 안락한 그루터기로
너의 쉼을 같이 나누고 싶다

이번 생에는 너의 엄마로
다음 생에는 너의 나무로

조건 없는 사랑을
내 소중한 너에게 주고 싶다

하루를 시작하는 기도

신이시여
저의 사람들이
무탈히 맞이한 오늘,
그토록 원하는 행복이
눈앞에 놓여 있음을 알고
감사히 여기길

신이시여
저의 사람들이
감사함으로 보낸 어제,
빛을 잃어 간 별들이
저 하늘에서 밝은 빛으로
영원히 빛나길

신이시여

어리석은 저에게

다시 한번 주어진 오늘,

감사함을 잊지 않고

소중히 보낼 수 있기를

..

두 손 모아 기도합니다

엄마라서 행복해

2013년 6월 12일
도담이를 만나고

2016년 2월 22일
솔이를 만나고

이 세상 어느 보물이
이리도 귀할까

온 우주에 하나뿐인
소중한 내 보물들

도담이를 품에 안고
사랑을 배우고

솔이를 품에 안고

감사함을 배우고

철없던 소녀가

두 아이를 보듬고서

진정한 여인이 되고

참된 어른이 되어 간다

세상에 태어나 감사하고

엄마가 되어 행복하다

네가 그리운 봄밤

달빛 곱게 머금은 봄밤
네가 보고 싶은 밤

별 하나에
고요한 네 눈동자 새기고

그 옆에
널 향한 그리움 하나 찍고

별 둘에
환한 네 웃음 새기고

그 옆에
널 향한 그리움 두 개 찍고

별 셋에

우리 즐거웠던 시간 새기고

그 옆에

널 향한 그리움 세 개 찍고

달빛 곱게 머금은 봄밤

네가 보고 싶은 밤

유난히 반짝이는 별 보며

널 향한 그리움을 세어 봐

Morning coffee on Sunday

라바 컵 물 반 잔

전자레인지 40초

삑삑삑! 윙-

수납장 속 커피믹스

하나 꺼내 들고

탁탁 툭!

서랍장 속 티스푼

하나 꺼내 담가

동그랗게 휘휘~

쏟아지면 어쩌나

작은 두 손으로

조심스레 들고서

엄마,

일어났어요?

굿모닝~

일요일엔 언제나

사랑 듬뿍 담긴

도담이표 모닝커피

즐거운 봄 운동회

쿵짝쿵짝 즐겁게 들썩이는 운동장

흥에 겨워 신나게 흩날리는 흙먼지

가만가만, 우리 아들 어디 있나

땡그란 눈 떼구루루 굴려 찾은 내 새끼

뭐가 그리도 재미난지

키득키득 신나게 웃다가

으쌰으쌰 힘껏 줄 당기고

폴짝폴짝 장애물 넘어 달리고

이겨라, 힘내라 목청껏 외치다

문득 지루한 듯 혼자 멍도 때리다

한참 신이 나서 흥겨워도
수줍게 한발 물러앉은 내 새끼

낯선 눈들 신경 쓰지 말고
마음껏 즐기면 좋을 텐데

어찌 이런 모습까지 빼닮았는지
안타까운 엄마는 괜한 손만 흔들어 본다

꽃길 위, 파란 구두는 빛나고

파란 구두 빛나는 큐빅
푸른 바다 위 반짝이는 윤슬 같아
화사해지는 내 마음

작은 두 발 쏘옥 집어넣어
커다란 거울 앞으로 달려가
이리 보고 저리 보고

경쾌한 구두 소리
어여쁘던 내 모습 떠올라
이리 또각 저리 또각

움츠린 어깨 활짝 펴고
굽은 허리 곧게 세우고
가슴 가득 차오르는 자신감

꽃길만 걸을 것 같은

너무도 기분 좋은 느낌

당당하게 내딛는 내 발걸음

유유들의 등교 샷

가방을 둘러멘 우리 유유들

카메라 렌즈에 담아 보자

밤사이 얼마나 자랐나

오늘 아침 기분은 어떤가

하루를 시작하는 유유들의 모습

오래도록 기억하고 응원해 주고 싶어서

바쁜 아침 서둘러 포즈 잡고

찰칵찰칵!! 찰칵찰칵!!

오늘도, 즐겁고, 행복하게,

화이팅!!!!

화창한 봄의 하루

화창한 봄날 아침,
커튼 젖혀 봄볕 맞이하고
든든한 식사로 아이들 속 채우고
화이팅으로 하루를 응원한다

화창한 봄날 오전,
창문 열어 봄바람 듬뿍 들이키고
빨래 널며 향긋한 봄볕 냄새 맡고
청소기 돌려 어제의 흔적을 지운다

화창한 봄날 오후,
읽다 덮어 둔 책 펼쳐 마음에 새기고
쓰다 넣어 둔 글 이어 적어 보고
냉장고 문 열어 저녁을 준비한다

화창한 봄날 저녁,
함께 준비한 식사를 하고
서로의 시간 서로의 생각 공유하고
그림책 함께 읽으며 하루를 마무리한다

화창한 봄날 밤,
아이들에게 보인 미운 감정 후회하고
숨어보는 드라마로 힐링하고
내일을 위한 마음 채비를 한다

봄볕 따뜻한 화창한 봄날,
기억에 새길 특별한 일 없이
소소하게 보낸 나의 하루
잔잔하기에 더욱 소중한 하루

나의 연예인

얼굴 천재 차은우도 좋고
통통 매력 왕허디'도 좋지

솔친자 변우석도 좋고
UDT 상남자 덱스도 좋지

하지만

동그란 큰 눈에 통통한 뱃살
재치 있는 도담이가

구릿빛 피부에 탄탄한 몸매
흥겨워 웨이브 타는 솔이가

매일 행복 바이러스 뿜어내는

진정한 나의 연예인이지

° 왕허디 : 중국 배우

말 좀 해 봐

왜 그래

뭐가 속상한 거야

왜 화가 났어

뭐가 문제인 거야

왜 울어

뭐가 억울한 거야

...

이유가 뭐야

제발 말 좀 해 봐

··· ···

말하고 싶지 않아요

이유를 알고 싶은데 말을 안 하니
너무 답답하고 화나

자꾸 너와 거리 생기는 것 같아
너무 속상하고 슬퍼

이런 엄마의 마음을
너는 알고 있을까

드라마는 힐링

아름다운 OST 들으며

지친 맘 쓰다듬어 주고

주인공 러브스토리 보며

잊어버린 사랑법 다시 되새기고

인물들 갈등 관계 보며

내 곁의 사람들 소중함 배우고

다양한 인생 이야기로

담아 둔 눈물 비워 내는 법 배우고

결국 해내는 주인공 보며

나도 해낼 수 있다는 자신감을 얻는다

엄마는 봄처럼 꿈꾼다

네 슬픔 보듬는 노래를 부르고
널 위한 사랑의 춤을 추고 싶어

너와의 추억 캔버스 위에 담고
널 위한 희망의 글을 쓰고 싶어

무엇보다 사랑으로 너를 키워
이 봄처럼 예쁜 세상 만들고 싶어

줄넘기 수업

콩콩 콩콩

강당 바닥이 울려

가쁜 숨소리가 들려

콩콩 콩콩

천장에 머리가 닿을 만큼 높이

너의 큰 꿈만큼 높이

콩콩 콩콩

줄이 걸려 넘어져도 괜찮아

다시 줄을 돌려 시작하면 돼

콩콩 콩콩

너의 키가 훌~쩍

너의 자신감이 듬~뿍

삭힌 홍어는 사랑을 싣고

띠링! 택배 배송 완료
발송인 친정 아빠

삭힌 홍어가 꽁꽁 싸여
아이스박스에 담겨 왔다

머얼리 사는 자식 입에도
한 접 넣어주고 싶어

아빠 마음 가득 담아
무심한 듯 보내 주셨다

홀로 막걸리까지 챙겨
구색 맞춰 먹어 보지만

마주 앉아 함께 먹던

그때 그 맛이 나지 않아

톡 쏘는 홍어 탓인지

아빠를 향한 그리움 탓인지

알싸한 홍어 한입에

코끝이 시큰해진다

마흔 살 딸내미 생각하는

친정 아빠의 마음

찐한 홍어 고린내처럼

내 가슴속에 배어든다

나에게 삭힌 홍어는

아빠의 찐 사랑이다

5월의 장미

따스한 5월의 봄볕이
집 앞 화단에
빨간 점을 찍는다
콕.콕.콕.

매혹적인 자태로
나의 눈 유혹하고
향긋한 내음으로
나의 코 유혹한다

시샘한 5월의 바람이
빨간 점을 흔들어 대다
하나, 둘 떨구어 낸다
툭..툭..툭..

선명한 초록이 가시에 찔린 듯

붉은 핏방울 흘릴 때면

마흔두 번째 나의 봄은 흘러가고

마흔두 번째 나의 여름이 다가온다

벚나무 아래, 서로의 술벗이 되자 했지

나에겐 귀엽고 사랑스러운 아들이 있어
어른 되면 서로의 술벗이 되자 약속했지

화사한 봄밤 큰 벚나무 아래 함께 앉아
분홍 꽃비 맞으며 술잔 기울이자 했지

떨어지는 잎 하나, 하나 가만히 맞으며
둥근 달 닮은 잔에 하얀 술 가득 채우자 했지

환한 달빛에 취하고 달콤한 술에 취하고
흥에 겨워 멋들어지게 술잔 기울이자 했지

아..
이 얼마나 아름다운 봄, 멋진 인생인가

Delete

훈육 핑계로 매 들던 엄마

악이 받혀 소리치던 엄마

약속을 쉬이 어기던 엄마

너의 손 뿌리치던 엄마

술에 취해 비틀거리던 엄마

속상하다며 엉엉 울던 엄마

..

Delete!!

정말 삭제하시겠습니까?

Yes.

기억 속 못난 엄마 모습

클릭 한 번으로

지울 수만 있다면

우리 마음에도 교정기를 끼워 보면 어떨까

혹시 우리 마음에도
교정기를 끼워 보면 어떨까

지금 너를 사랑하는 나의 마음
지금 나를 사랑하는 너의 마음

어떤 어려움과 시련에도
우리 예쁜 마음 변치 않게

그렇게 우리 마음에도
교정기를 끼울 수 있다면

정말 그럴 수 있다면
얼마나 좋을까

어떻게 설명할 수 있을까

지금
네 곁을 흐르는 이 시간이
가장 순수하고 환하게
빛날 수 있는 시간이란 것을

네가 언제나 웃음 짓고
모든 시간 행복하면 좋겠어
그렇게 너의 하루가, 너의 인생이
언제나 따뜻한 봄이면 좋겠어

아름다운 봄날을 마무리하며

사랑스러운 여인과 함께
더없이 행복했던 하루

따스함 채운 나의 마음
홀로 눈물 채운 너의 마음

무거워진 너의 마음으로
온전히 채우지 못한 나의 행복

이젠 제법 단단해졌다
꼭 믿고 있던 나였는데

이 아름다운 봄날을 마무리하며
나.. 눈물 좀 흘려도 될까

제 이름을 불러 주세요

당신의 이름은 무엇입니까
저는 이름을 잃어버렸습니다

소중한 제 아이가 이름을 가지던 그날
저는 이름을 잃어버렸습니다

제 이름을 불러 주세요
저도 세상에 의미 있는 사람이 되고 싶습니다

충분히 사랑했을까

오늘 하루
너를 보는 나의 눈에서
얼마나 꿀이 뚝뚝 떨어졌을까

너에게 한 나의 수많은 말들이
얼마나 예쁘게 날아들었을까

너를 향한 나의 가슴이
얼마나 너를 보듬어 주었을까

너에게 온기 건네는 나의 손이
얼마나 따뜻하고 다정했을까

너의 곁을 머물던 나의 발끝이
얼마나 너에게로 향해 있었을까

오늘 하루

나는 온 마음을 다해

너를 사랑했을까

엄마도 한때는 소녀였단다

흔히들 말하듯
엄마도 한때는 소녀였단다

두근두근 심장 소리 달래며
좋아하는 사람 손 잡던

그 사람 고백 듣고서
설렘에 밤잠 못 이루던

사랑하는 사람 온기 느끼며
예쁘다 사랑스럽다 속삭임 듣던

늦은 밤 헤어짐이 아쉬워
그 사람 손 쉬이 놓지 못했던

지금은 억척스러운 40대 아줌마지만

네가 자라 사랑하게 될 그 소녀처럼

엄마도 한때는 어여쁜 소녀였단다

따뜻한 봄볕도 아랫집 울타리는 허물지 못하고

인터폰 벨 울리면

콩닥대는 마음 부여잡고

죄송해요, 죄송해요

쿵쿵 발망치 소리

혹여 또 들릴까

조용히 해! 살살 걸어!

아랫집 사람들 속도

오죽하겠냐마는

우리도 만만찮게 속상한데

우선 사과부터 하고

먼저 이해도 해보고

좀 더 노력해 보자

하지만

반갑다 건넨 우리 인사

외면할 것까진 없잖아

이렇게 서로 속상한 마음만 쌓여

아랫집 윗집 사이 울타리는

따뜻한 봄볕도 허물지 못하나 보다

보건실에서 걸려 온 전화

도담이 어머니
보건실입니다

생각지 못한 전화
덜컥 내려앉는 가슴

무슨 일인지 겁도 나고
많이 다쳤나 걱정도 되고

갑작스러운 일이라 화도 나고
당장 달려갈 수 있어 다행스럽고

보건실에서 걸려 온
예상치 못한 전화

이렇게 저렇게

시끄러운 엄마 마음

살랑살랑 부는 봄바람
적당히 달달한 음악

차창 밖으로
가만히 내민 손

부드럽게 어루만지고
때론 간지럽히고

다섯 손가락 사이로
잔잔히 흐르는 바람

조용히 손끝 타고 올라
얼굴을 감싸는 바람

문득 느껴져

내가 살아 있음이

대물림의 마침표

우리 아빠 인색한 사랑 표현
우리 엄마 투박스러운 말투

보고 자란 것이 그것뿐이라
나도 모르게 그 모습 그대로 닮았나 보다

당신들 또한 보고 자란 것이 그것뿐일 터라
머리로는 알지만 마음은 쉽지가 않다

이 슬픔의 반복 내가 끊어야지
마음의 병 나는 물려주지 말아야지

마음 열어 네 말에 귀 기울이고
온기 담아 사랑을 말해 줘야지

마지막 퍼즐 조각

퍼즐 조각 하나하나
맞춰 만든 지금 내 모습

사랑으로 내게 온 네가
쥐고 있던 퍼즐 한 조각

내 가슴에
톡!

너로 인해 완성된 퍼즐
여자에서 엄마가 된 나

2부

여름

내리는 비에
내 마음 적시고

유유들아,

드디어 엄마가 기다리던 여름이 왔어.

사람들은 뜨거운 태양 아래 시원한 바다를 생각하며 좋아하고

어둡고 습기가 무겁게 적신 날씨에 싫어하는 여름이지만,

엄마는 풀 내음 가득 담은 비가 자주 내리는 여름이 너무 좋아.

저기 창밖은 초록으로 덮이고 뜨거운 햇볕은 이글거리지만,

엄마 마음은 내리는 비에 젖어 촉촉해지거든.

그 촉촉한 느낌이 마냥 좋아서 엄마는 그렇게 여름이 기다려져.

올여름은 우리 함께 비를 맞아 볼까?

새벽 산책

간밤의 비로 어두운 화장 지우고
민낯의 파랑을 드러낸 하늘

화장기 하나 없는 얼굴로
그 하늘을 마주한 나

아침 이른 방문에 수줍은 듯
서서히 붉어지는 오른쪽 볼

밤 서리 촉촉이 젖은 땅 내음
싱그러움 가득 머금은 새벽공기

내 코끝 잠시 머물다
이내 가슴에 스미는 초록

엄마는 비 내리는 날을 좋아해

비가 내리면 말이야

메말랐던 세상 촉촉하게 젖어
지친 내 마음에 습기 스며들고
참았던 눈물 빗소리에 묻어
아무도 모르게 흘릴 수 있어

하늘마저 웃는 그 좋은 날
홀로 숨죽여 흘리는 눈물은
나만 혼자 슬픈 것 같아
가슴이 더욱 먹먹해지니까

비가 내리면 말이야

흐린 하늘 내리는 비에

내 생각나 걸려 온 친구 전화

이 넓고 험한 세상

곁에 누군가 있음에 감사해

그래서 엄마는

비 내리는 날을 좋아해

하늘이 나와 함께 울어 주고

친구가 사랑을 전해 주니까

여름방학

드디어 왔구나
방학 요놈!

또 삼시 세끼 밥해 대고
쫓아다니며 잔소리해 대고
혼이 빠져나간 사람 마냥
흐느적거리겠구나

니들은 그렇게도 좋으냐
학교서도 그리 뛰놀 텐데
엄마 멘붕 오는 줄 모르고
있는 힘껏 까부는구나

유난히 뜨거울 올여름
아주 화끈하게 불태워 보자

230812 AM 00:18

습한 날씨 요란한 제습기 소리
식탁 위 마시다 남은 맥주
마른오징어와 자두 몇 조각

온종일 육아에 지친 나
온종일 일에 지친 엄마
둘만의 작은 소확행

...

짧은 대화 뒤 긴 침묵
각자만의 시간
제습기 소리만 요란히

또 하나 쌓여 가는

엄마와 나의 추억

각자 조용히 또 조용히

.. ..

엄마 등 가만히 귀 대면

몸속 가득 울리던 엄마 목소리

그때가 그리운 이 밤

오늘 밤

포근한 엄마 품 추억하며

잠들고 싶은 밤

손발톱 깎기

도담이 손톱 10개

도담이 발톱 10개

또깍또깍

솔이 손톱 10개

솔이 발톱 10개

또깍또깍

하얗게 자란 손발톱

손발톱 밑 까만 때

이번 한주도 열심히 놀았네

또깍또깍

도담이 솔이 손발톱 깎으며

너희들 추억 함께 나누고

새로이 자라날 손발톱처럼

너희들 꿈도 무럭무럭 자라나길

엄마는 소망해 본다

맥주를 마실 수밖에 없는 이유

너무 짜릿했던

아시안컵 16강 전

결국엔 이겨 8강 갔잖아!!

좋은 사람들 만나 즐겁고

날 위해 내어 준

시간이 고맙잖아!!

친구와 주고받은

따뜻한 마음

우리 서로 행복했잖아!!

귀여운 우리 유유들

꽁냥꽁냥 잘 노니

소리 지를 일 없잖아!!

도서관에서 찾은 노란 표지 책

'인생이 술술 풀린다' 하니

맥주 생각이 딱 나잖아!!

이러니 내가

맥주를 안 마시고

배기겠어?!

오늘의 행복 찾기

행복 하나!

지난밤 홀로 떠난 꿈나라 여행

무사히 내 품으로 돌아온 너

행복 둘!

또 한 번 너와 함께

맞이하는 오늘의 태양

행복 셋!

우리가 살아 있음을 알려 주는

파란빛 하늘 초록빛 수목

행복 넷!

또 한 번 너와 나

사랑할 수 있는 오늘

나와 함께한 혼술

어, 왔어?

갑자기 비가 막 쏟아지냐

어서 앉아

기다리면서 먼저 한잔했다

소주 괜찮지?

자, 한잔 받아

요즘 많이 바빠?

난 뭐, 그럭저럭

그냥

오늘 부쩍

니 생각이 나서

연락 한번 해 봤지

하..
우리 꼬맹이들도 있고,
어떻게든 좀 벗어나고 싶어
나름 아등바등 애를 쓰는데

그런데 참..
쉽지 않네, 후..
누구 하나 알아주지도 않고
답답.. 하다..

오랜만에 불러내선
내가 별 소릴 다 한다
넌 별일 없고?
그래그래, 다행이다

짜식!
그래도 고맙다
힘들 때면 언제고

같이 한잔해 줘서

너 보니 우리도
제법 늙었다, 하하
얼굴에 주름살이
자글자글하네

..

아고, 벌써 시간이 이리됐네
그만 들어가자
술 취해 늦게 들어가면
꼬맹이들이 싫어해

그래그래,
너도 건강 잘 챙기고
오늘도 같이 있어 줘서 고맙다
조심히 들어가고.

..

참 힘들다, 그치?
이번 한 주도 애썼다
다 잘될 거야..
곧 괜찮아질 거야

다음번엔 좋은 날
기분 좋게 마시자
네가 있어 내가
또 힘이 난다

고맙다, 지은아..

다이어트

헛둘헛둘 배 둘레 햄 으깨고

헛둘헛둘 팔다리 덜렁 살 조이고

헛둘헛둘 흐르는 엉덩이 당겨 올리고

헛둘헛둘 공기 빠진 가슴살 펌프질하고

나는 비켜 가겠거니 했건만

잠깐 방심한 틈 타 끝내

세월이 가져다 안겨 준

나의 기름진 살들

진정 피할 수 없는 숙명인가

격렬하게 받고 싶다

먹어도 살이 찌지 않는

신의 축복을..

누가 방귀를 뀌었는가

빵!! 뿡!! 뿅!!

뽀~옹!!

휘적휘적 훠이 훠이

방귀 냄새 폴폴 날리면

콧구멍이 벌렁벌렁

찐한 냄새에 터지는 비명 소리

으악! 도망가자

아, 엄마!! 쪼~옴!!!

진짜! 너무해!!

장마, 그 새벽

모든 것이 침묵해야 할 듯

숨소리조차 조심스러운 밤

온 세상이 자신의 빛을 감춘 채

회색 홑이불 덮고서 가만히 잠들어 있다

그 무엇도 존재하지 않는 진공의 시간

밤새 하늘이 못다 흘린 눈물만

톡.. 톡.. .. 톡.. 톡.. ..

소리 내어 떨어진다

귀지를 찾아서

탁탁!! 이리 누워 봐
아!! 또 귀지 파려고 그러죠.

사정사정해서 허벅다리에 눕힌 너
본격적으로 귀지를 찾아 나서는 나

살금살금 가만가만
잠깐만 나온다, 나온다

조심조심 깔짝깔짝
다됐어, 움직이지마

오케이 끝!
힘겨웁게 채굴한 노오란 귀지

시원한 엄마의 마음

끙끙 앓는 너의 마음

깨끗하고 좋잖아

힝, 나는 아프다구요..

제가 안 괜찮아요

엄마 빨리 손 씻고 싶어요

괜찮아 조금만 참아

엄마 옷이 좀 젖었어요

괜찮아 곧 마를 거야

엄마 바지가 좀 불편해요

괜찮아 그냥 입어

엄마 아끼는 책인데 구겨졌어요

괜찮아 찢어진 건 아니니까

엄마 바깥 불빛이 너무 환해요

괜찮아 그냥 자

엄마.. 있잖아요

괜찮아 괜찮다니까

아니 엄마

제가 안 괜찮아요

150cm

어린 시절

열심히 자란

나의 키는 150cm

도담이 사랑하는 마음이

하늘 땅만큼 넓디넓은

나는 땅콩 엄마

솔이 사랑하는 마음이

온 우주만큼 깊디깊은

나는 꼬꼬마 엄마

사랑스러운 나의 안티

엄마 뱃살이 출렁출렁해요

엄마 허벅지가 말캉말캉해요

엄마 저기 가면 살 빼준대요

엄마 살 빼고 싶다고 했잖아요

엄마 운동은 언제 해요

엄마 그만 먹어야지 않아요

엄마, 엄마..

살이 좀 올랐다 한마디 했을 뿐인데

매일 밤 내 뱃살 보듬고 자는 너

사랑스러운 나의 안티인가

집중호우

마침내 하늘이 참았던 눈물
왈칵 쏟아 내던 날
나도 가슴에 숨겨 뒀던 눈물
함께 쏟아 냈어

어둡고 무거운 하늘처럼
잔뜩 찌푸린 못난 얼굴로
식탁에 홀로 앉아
눈물을 쏟아 냈어

움켜쥔 수건에
눈물 받아 내며
모든 근심 슬픔
실컷 쏟아 내고

태양이 구름을 젖혀

얼굴 내밀 때면

내 마음에도

환한 무지개 떠올라

그렇게 나는

오색 빛 충전하고

그 밝은 빛으로

또 하루를 살아가

지은이의 하루 vs 유유맘의 하루

아침에 일어나

지은이가 화장하고 출근 준비할 때

유유맘은 유유들 아침 준비하고

커피믹스 한 잔 마시고

지은이가 아픈 이 돌볼 때

유유맘은 흐트러진 집안 돌보고

출출한 점심시간

지은이가 동료들과 맛집 검색할 때

유유맘은 잔반 챙겨 배 채우고

한가로운 늦은 오후

지은이가 저녁 데이트 약속 잡을 때

유유맘은 저녁 식사 준비하고

화려한 불빛 가득 찬 저녁

지은이가 치맥으로 하루의 스트레스 풀 때

유유맘은 이른 육퇴 위해 분주하고

환한 달 하늘 높게 떠오른 밤

지은이가 폭신한 침대에 몸 누일 때

유유맘은 품에 안은 유유들 등 토닥인다

누구를 더 사랑해요

엄마

우리 둘 중

누구를 더 사랑해요

우리 유유들

둘 다 똑같이 사랑하지

더 많이 사랑하는 건 없어

먼저 태어난 도담이를

조금 더 일찍

사랑한 것뿐이야

옆집 숙자네도 계시고

아랫집 춘자네도 계시고

앞 동 사는 철수네도 계시고

뒷 동 사는 영희네도 계시다네

내가 아는 사람들 집에는

이모님들 한둘쯤은 계시다는데

내가 사는 우리 집에는

모셔야 할 신가네 남자만 세 명 계시네

* 3대 이모님 - 로봇청소기, 건조기, 식기세척기

여름밤 그들만의 이야기

반듯한 네모 딱! 네 개씩
그려놓은 앞 동 집들

커다란 책꽂이에 두 권씩
나란히 꽂힌 책들 같아

101호, 102호, 201호, 202호.
모두 숫자로 쓰인 제목들

나는 펼쳐볼 수 없는
그들만의 이야기

매일매일 쓰이는
그들만의 네버엔딩 스토리

딸깍!

늦은 밤, 불 켜진 저 집

오늘은 어떤 이야기를 쓰고 있을까

비 온 뒤, 오늘은 맑음

무거운 비구름 씻어 낸 하늘
선명한 푸른빛 새하얀 구름

까만 그늘 걷힌 내 마음
개운하고 상쾌한 기분

비 온 뒤, 오늘은 맑음
볕이 좋으니 밀린 빨래를 하자

우울함에 젖어 눅눅해진 내 마음도
볕 드는 창가에 펼쳐 뽀송하게 말리자

소나기

나 어릴 적 내리던 소나기
온몸으로 마주해야만 했던 비

나 사랑에 빠졌을 때 내리던 소나기
사랑하는 사람 내 곁으로 부르는 비

엄마가 된 지금 내리는 소나기
우산 챙겨 아이에게 사랑을 전하는 비

밤마다 우는 뱃속 개구리

바삐 보낸 하루의 열기가

모두 식을 때 즈음

어디선가 울어대는

개구리 한 마리

꾸륵, 꾸르륵

꼬륵, 꼬르르르륵

행여 누가 들을까

입을 막으면 잦아들까

모른 척 고개 돌리면

제풀에 지쳐 잠이 들까

꾸륵, 꾸르륵

꼬륵, 꼬르르르륵

신데렐라도 아닌 것이

밤이면 어찌 그리 울어대는지

오늘 밤도 어김없이

때맞춰 우는 개구리

꾸륵, 꾸르륵

꼬륵, 꼬르르르륵

이 녀석 울음소리에

유유들 잠 못 이룰까

얼른 부둥켜안고 일어나

조심스레 열어 보는 냉장고 문

꾸륵, 꾸르륵

꼬륵, 꼬르르르륵

..

오늘도 다이어트 실패

우문현답

너와 둘이 가만히
TV를 보다가

만약에 엄마가
너희를 떠나면 어떡해?

어쩔 수 없죠
우리끼리 잘 살아야죠

엄마 없이 아빠랑 셋이서?
엄마 찾으러 안 와?

우리가 싫어서 떠난 걸 텐데
우리가 어떻게 찾아요

엄마 보고 싶어 찾아도

엄마가 싫어할 텐데요

그렇구나, 그렇겠구나

그렇게 생각하겠구나

못난 질문 해서 미안해

절대 그런 일은 없을 거야

엄마는 너희를 너무 사랑해서

엄마는 너희를 떠날 수가 없어

신피질의 재앙

드라마 속 남주가 알려 준

신피질의 재앙

내게도 찾아왔다

얼마 전 마흔이라고

두 번째 스무 살이라며

포장해 위안 삼았었는데

41, 42, 43..

야속하게도 시간은

쉼 없이 흘러만 가고

나는.. 나는..

지금 여기서

뭐 하고 있는 거지?

끝없이 꼬리 무는 생각에

밤잠 설치는 것이

신피질 재앙이 제대로 찾아왔다

신피질이 없어

오늘만 산다는 고양이처럼

지금 이 순간에 집중해야 하는데

진화의 대가로 인간이 얻은

신피질의 재앙으로

나는 오늘도 힘겨웁다

실패를 경험하고 우는 너에게

보통은 말이야
끝까지 최선을 다하면
결국 그 일을 이루어 낸단다

하지만 살다 보면 말이지
노력해도 뜻대로 되지 않는
일들도 있기 마련이야

그럴 땐 마음껏 울어
그리고 마음이 다독여지면
그때 다시 도전하면 돼

엄마는 분신술사

욕심이 많은 엄마

분신술을 쓰고 싶다

엄마 1호!

쌓인 설거지를 처리해라

엄마 2호!

널려있는 빨래를 정리해라

엄마 3호!

청소기로 먼지를 모두 빨아들여라

엄마 4호!

화장실 검은 곰팡이를 무찔러라

엄마 5호!

열심히 일해서 돈을 벌어라

엄마 6호!

부지런히 몸속 지방을 녹여라

엄마 7호!

오색찬란 진수성찬을 준비해라

엄마 본캐!

너는 무슨 임무를 수행하겠느냐

분신들이 각자의 임무를

부지런히 수행하는 동안

나, 엄마 본캐는

원 없이 침대에서 뒹굴 테다!!

자, 모두 출동이다

임무를 완수하자!!

아름다웠던 나의 소녀 시절

커다란 눈에 곧잘 울던 소녀

귀밑 3cm 머리가 부끄러웠던 소녀

키가 작아 땅콩이라 불리던 소녀

유독 웃음이 많았던 소녀

더블 비얀코 먹고 딸꾹질을 멈추던 소녀

늦봄 노을 지는 하늘을 좋아하던 소녀

비 맞으며 즐겁게 거리를 거닐던 소녀

물기 머금은 촉촉한 바람을 좋아하던 소녀

가을 빨강 단풍을 좋아하던 소녀

밤하늘 노란 눈썹달을 좋아하던 소녀

사랑 넘치는 친구들이 부러웠던 소녀

겁이 많아 무서운 친구들을 피해 다니던 소녀

남사친의 선인장 선물에 수줍어하던 소녀

우정을 확인하려 교환 편지 쓰던 소녀

좋아하는 친구에게 고백할 용기가 없던 소녀

삐삐 음성 들으며 가슴 설레던 소녀

명곡집 펼쳐놓고 피아노 치던 소녀

CD 플레이어 들으며 수학의 정석 보던 소녀

달리기를 못 해 악착같이 철봉에 매달려 있던 소녀

다이어리에 이루고 싶은 꿈 소중히 담아 두던 소녀

1990년대 말, 엄마는 그런 소녀였어

두 아이의 엄마가 된 후 잊고 지냈던

그때 그 소녀가 기억이 나

맞아, 엄마는 그런 소녀였어

촌스러웠지만 아름다웠던 나의 소녀 시절

감사한 전화 실수

뚜르르르- 뚜르르르-

오랜만이야

앗, 실수였어

미안해

어떻게,

잘 지내

아니,

나 방황 중

괜찮아

다 경험이야

고마워

너무 힘이 돼

다음 주에 만나

너무 기대돼

그동안 잘 지내

화이팅할게

네 마음도 안녕하니

SNS 속 너의 이야기들

즐거운 너의 모습들

쨍한 태양 맑은 날씨지만

습기 가득 머금은 공기처럼

환하게 웃는 예쁜 얼굴

마음엔 눈물을 머금고 있진 않을까..

피드 속 행복한 그 모습처럼

네 마음도 안녕하니?

오늘은 해가 쨍해서 정말 다행이야

네가 손꼽아 기다리던 내일이

비가 오지 않길 간절히 바라던 오늘이

구름을 걷어 내리던 비를 멈추고

해가 쨍해서 정말 다행이야

네가 간절히 원하고

진심으로 기도하면

이루어질 수 있다는 희망을

잃지 않을 수 있으니 말이야

3부

가을

불어오는 바람에
내 마음도 함께 흔들리고

유유들아,

더위가 한풀 꺾이고 선선한 가을이 오면

깊어진 파란 하늘에 하얀 구름이 둥실 떠다니고

넓은 들판 벼 이삭이 노랗게 익어 간단다.

한들한들 가을바람에 알록달록 단풍잎이 떨어지면

가녀린 코스모스가 바람에 몸을 맡겨 춤을 추듯

엄마 마음도 이리 흔들, 저리 흔들, 가을바람에 한들거려.

가을바람 따라 우리 함께 여행을 떠나 볼까?

바다를 사랑한 소녀

바다를 품은 작은 도시에 한 소녀가 살았어
소녀는 그 바다를 사랑했지

바다의 잔잔한 무표정을 사랑했고
쉽게 알 수 없는 깊은 속을 사랑했지

어른이 된 소녀는 큰 도시로 갔어
소녀는 그 바다가 그리웠지

바다의 짙은 푸른빛을 그리워했고
하얗게 부서지는 파도를 그리워했지

따뜻한 부모님 품을 그리워했고
기억 속 아름다운 추억을 그리워했지

엄마가 된 소녀는 점점 자신을 잊어 갔고
자신을 찾기 위해 다시 바다를 찾았지

사랑하는 두 아이의 손을 잡고서
혼자가 아닌 셋이 되어 바다를 찾아갔어

소녀는 두 아이에게
바다를 사랑하는 마음을 들려줬어

소녀가 두 아이에게
두 아이가 또 그들의 아이에게..

그렇게 오래도록 기억될 거야
소녀의 그 아름다운 마음이..

나를 알아 가는 시간

내가 읽고 싶은 책을 읽고
좋아하는 막걸리 마시기

내가 쓰고 싶은 글을 쓰고
듣고 싶은 팝송 듣기

내가 보고픈 중국 드라마를 보고
편하게 즐겨 입는 옷 입기

고수 잔뜩 넣은 마라탕을 먹고
그냥 떠오르는 대로 생각하기

남들이 쉬이 좋아할 수 없는
오직 나를 위한 취향

혼자라서 조용한 이 시간

조금씩 나를 알아 가는 시간

단풍 질 때면

빨간 단풍 노란 단풍에
가을이 왔다고
내게 편지를 써 주던
당신이 생각나요

이제는 흐릿한 추억이지만
초록 나무 붉게 물들 때면
내게 사랑을 건네던
당신이 생각나요

선생님
안녕하신가요
참 많이
보고 싶습니다

우리만의 작은 우주

광활한 우주를 홀로
외로이 떠다니던
소행성 JJINYA5120

왜행성 GODS100에 이끌려
곁을 빙글빙글 맴돌던
소행성 JJINYA5120

2013년 위성 DODAM6120과
2016년 위성 SOL2220을 등록한
소행성 JJINYA5120

그렇게 태양계 한 편에 생긴
우리만의 작은 우주
UUFAMILY

추억을 비우고 미래를 담자

마음 담았던 것을 모으고
의미 가득한 것을 담아 두고
차마 떠나보내지 못해
미련스럽게 붙들었던 지난 시간

이제는 놓아줄게
아름다움으로 남아 주길
비워진 그곳 지금 이 순간을 담고
미래의 희망으로 채워 보자

괜찮아

괜히
걱정하지 말고
불안해하지 말자

너는 너의 자리에서
나는 나의 자리에서

그렇게
너는 너대로
나는 나대로

오늘 하루도 열심히 살았어
오늘 하루도 고생했어

달님의 마음

나를 바라보는 여인아
오늘 하루도 힘겨웠느냐
너의 정성에
나는 오늘 더욱
풍성해지고 빛이 난다

내 환한 얼굴이
네 정성에 대한 답이거늘
마음을 열어 너를 보여다오
내가 너를 다독여 주마
너를 보듬어 희망을 안겨 주마

나를 바라보는 여인아
삶이 힘겨울 땐 나를 찾아다오
비록 행색이 남루해질지언정

나를 바라보는 너를 찾아

네가 서 있는 밤하늘을 밝혀 주마

나를 바라보는 여인아

너의 웃음과 눈물

너의 기쁨과 분노

너의 희망과 체념

그 모든 것을 내가 감싸안으마

오늘도 너무 고생했다

오늘도 너무 감사하다

덕분에 너무 행복하다

내 사랑하는 여인아..

잔소리는 이제 그만

할일좀미루지마양치좀제때해반찬좀골고루먹어음식씹
을때소리내지마과자는조금만먹어인스턴트는안돼흘리
지말고먹어게임좀그만해TV좀그만봐책은좀읽었니위험
하게놀지마약올리지마나쁜말하지마거실에서뛰지마소
리지르지마나가서좀뛰어놀아핸드폰좀내려놔빨리샤워
좀해간식먹고바로좀치워장난감좀바로정리해예의바르
게인사해친구랑사이좋게지내책가방좀바로놔글씨좀예
쁘게써빨리들어가서자숙제는했니일기는썼니얌전히좀
있어허리좀펴손톱물어뜯지마약속좀지켜아침밥먹어......

아직도 너한테 할 말이 많은데
아직도 내 성에 차지 않는데

네가 듣기 싫어도
내가 해야만 하는 말

나는 사랑이지만

너는 상처가 되는 말

..

하지만 이쯤에서 멈춰야겠지

그래야 우리 함께 또 웃을 테니

지나친 엄마의 걱정

이게 잘 어울리니 이 옷 입어

키 커야지 이 반찬 먹어

빨리 책 읽고 공부부터 해

위험하니까 높은 곳에 올라가지 마

날이 궂으니 밖에 나가지 마

아이들을 위한 나의 걱정

뺏겨 버린 아이들의 성장 기회

지금 내게 필요한 건

아이들을 향한 믿음

그리고 적당히 놓아주기

나약한 엄마

진심을 말하려면
술의 힘이 필요하고

흐르는 눈물이 부끄러워
빗소리에 기대어 울고

아주 사소한 일에도
가벼이 마음이 흔들리고

힘들면 쉬이 주저앉아
오랫동안 일어나지 못하고

부모에게 부족한 딸이라
자신을 원망하고

아이에게 못난 엄마라

미안한 마음 품고

남편에게 미운 아내라

속으로 앓아대고

주변엔 단단한 사람 많은데

나만 혼자 왜 이리도 나약할까

너와 대화하는 법

나의 말로 너의 말을 막지 않기
나의 생각을 너에게 새기지 않기

너의 말을 마음 열어 들어 주기
너의 의견을 존중해서 받아 주기

나의 발끝이 너의 얼굴 향하기
나의 눈이 너의 눈에 맞추기

마지막으로
진하게 사랑 녹인 가슴으로
너의 작은 몸 꼭 안아 주기

유유들의 배민송

토실토실 엄마 뱃살 밥 달라고 꾸룩꾸룩꾸룩
하지만 밥하기 귀찮아 오늘도 배달의 민족

동요에 맞춰 밥때마다 불러대는 배민송
한참 물오른 유유들 엄마 놀리기
아들래미 키워 봤자 소용없다더니

진정..
여태껏 등골 빠지게 키운 게
귀여운 앙마들이란 말인가

우리 사이 계산기를 두드려 봐

꼭 제값을 받으려 한 건 아니었는데
건넨 마음만큼 받지 못했다 싶을 때
우리 사이 계산기를 두드려 봐

애당초 머리가 똑똑한 것도
숫자놀이를 좋아하는 것도 아닌데
우리 사이 계산기를 두드려 봐

이런 너와의 관계
내 마음 다치지 않을까
상처 남지 않을까 싶어

겁이 많은 건지도 모르겠지만
내 마음 무사히 지키려니
우리 사이 간단한 셈 정도는 해야겠더라

..

..

너무 속물이 되어 가는 걸까..

남들 다하는 계산 나도 좀 하면 어때

착한 얼굴 좀 벗어 던지면 어때

아무도 몰라주는 마음 내가 좀 보듬으면 어때

내 마음 아프게 하는 우리 사이

나 혼자 조용히 앉아

조심스레 계산기를 두드려 봐

까아만 밤하늘

노오란 손톱달 토–옥

지긋이 찍어 보는 마침표

오늘 하루 잘 살았나

오늘 하루 행복했나

오늘 하루 보람찼나

모두 잠든 고요한 밤

나 홀로 창가에 앉아

지긋이 찍어 보는 마침표

오늘 하루

최선을 다한 하루

진정으로 사랑하기

눈앞에 놓인
아름다운 계절
붉은 노을
멋진 그림
예쁜 사람
진실한 마음

이 모든 것들은
한 걸음 뒤로 물러서서
아무런 사심 없이
가만히 들여다보아야
온전히 담을 수 있고
진정으로 사랑할 수 있다

가을 바람길

불빛이 깜박깜박
가을바람 불어온다

지나가는 바람
내 불안 실어 보내고

불어오는 바람
내 행복 담겨 있기를

지나가는 바람 붙들어
가슴 깊이 들여 마시고

불어오는 바람 붙들어
내 기분 상쾌해지기를

왜 그동안 알지 못했을까

함께 하자며 잡은 손
반지 나눠 끼며
남은 시간 약속했지

엄마가 된 후
육아도 집안일도
모두 나의 몫

나만 애쓰는 것 같고
나만 힘든 것 같고
나만 억울하고 슬펐지

늘어나는 입
네가 짊어질 짐도
늘어 갔을 텐데

온몸 가득 묻은 먼지

진하게 풍기는 땀 냄새

싫다며 거리 두는 모습

내색하지 않았지만

속상하고 서운했을 텐데

혼자인 듯 외로웠을 텐데

부모가 되고부터

나만큼 너도 애쓰고 있음을

왜 그동안 알지 못했을까

엉클어진 머리

피곤에 찌든 얼굴

힘없이 축 처진 어깨

오늘도 힘들었지

너무 고생 많았어

애써 줘서 고마워

우리 남은 시간
약속했던 그 날처럼
쭉 사랑하며 잘 살자

쉬이 물드는 나

네가 붉은빛 띠면 함께 붉어지고
네가 푸른빛 띠면 함께 푸르러지고
네가 회색빛 띠면 함께 어두워지는
그런 사람 바로 나야

줏대 없이 이리저리 흔들리는 게 아냐
그냥 쉬이 물들 뿐이야

내 곁에서 환하게 웃어 줘
그런 널 닮아 나도 웃고 싶어
내 곁에서 행복하게 머물러 줘
그런 널 따라 나도 행복해지고 싶어

이제는 나의 곁에서
아름다운 사랑을 전해 줘

나의 하늘이 파란빛 띠고
분홍빛 꽃구름 띄울 수 있도록
살랑살랑 부는 바람에 눈 감고
둘러싼 사랑 내게 물들 수 있게

그렇게 내 곁에 머물러 줘
내 삶이 아름다울 수 있도록

흰머리 한 가닥

어느 날 갑자기
불쑥 삐져나온
흰머리 한 가닥

곧 겪을 일이라고
생각은 했었지만
너무 갑작스러워서

내 마음 좀 이상해
조금 겁도 나고
조금 슬프기도 해

깊어지는 팔자 주름처럼
늘어나는 이마 주름처럼
쉬이 받아들여지지 않아

어느 날 갑자기

불쑥 삐져나온

흰머리 한 가닥

내 마음 헤집어 놓았어

몰랑몰랑 내 마음은

아직도 핑크빛 청춘인데..

STOP

잠깐 멈춰

거기까지야

내가 그어 놓은

우리 사이 선

넘지도 밟지도 마

침범하지 말아 줘

잔소리도 훈수 두기도 그만

함부로 위로도 응원도 하지 마

잠깐 주저앉은 김에

가쁜 숨만 좀 고를게

조금만 기다려 줘 일어날게

준비되면 다시 일어설게

엄마의 자격

엄마가 되어 보니 말이야

한 아이의 엄마가 되려면

조건 없는 사랑이

무한한 기다림이

묵묵히 견디는 인내가

지치지 않는 체력이

번뜩이는 아이디어가

뒤처지지 않는 정보력이

적절한 때의 놓아줌이

묵직하고 견고한 책임감이

꼭 필요하더라

잠이 오지 않는 가을밤

내가 한 말이 상처가 되지 않았을까
아까 친구 말의 진짜 의미는 무엇이었을까
나에게 숨긴 아이 마음이 무엇이었을까

코 막혀 잠 못 자는 아이 병원에 가봐야 할까
긴 휴일 아이들과 어떻게 보내야 할까
냉장고에 넣어 둔 남은 음식 상하지는 않을까

큰맘 먹고 산 주식 파란불이 들어오지 않을까
잠깐 마주친 아랫집 사람 화가 많이 난 걸까
아이들 아침 반찬 뭐로 준비해야 하나

오늘 하루 허투루 보낸 것은 아닐까
다른 사람들은 또 얼마나 나아갔을까
내일은 계획대로 글을 쓸 수 있을까

쉴 새 없이 꼬리 물고 떠오르는 생각들

이래저래 복잡스러운 마음과 머릿속

잠이 오지 않는 깊은 밤

오늘도 쉬이 잠들기는 틀렸구나

내가 좋아하는 계절

나는

너와 처음 손을 잡던 그 봄날을 좋아하고

너와 평생을 약속하던 그 가을을 좋아하고

너와 내가 셋이 되던 그 여름을 좋아하고

너와 내가 넷이 되던 그 겨울을 좋아해

봄 여름 가을 겨울

너를 만난 이후

내가 사랑하는 모든 계절이야

가을 빗속의 아이

까맣고 조그마한 얼굴
호기심 한가득 채워
가을 빗속으로 들어간 아이

빨간 자동차 우산 손에 꼭 쥐고
연두색 구름 장화 두 발 쏙 넣어
가을 빗속으로 달려간 아이

멋진 우비 입고 접은 우산 들고
두 발로 콩콩 세 발로 콩콩콩
가을 빗속에서 뛰노는 아이

요란한 빗속 저 혼자지만
까르르 까르르 웃으며
가을 빗속에서 노래하는 아이

따뜻한 마키아토 한 모금

빗속 그 아이 바라보며

나도 함께 행복해 본다

매일 아침 사진 찍어 주던 엄마

떨어지는 벚꽃잎 잡으며 함께 소원 빌던 엄마

심심할 때 함께 고스톱 쳐 주던 엄마

큰소리로 함께 노래 부르며 운전하던 엄마

축구 경기 함께 보며 힘차게 응원하던 엄마

집으로 돌아온 널 꼬-옥 안아 주던 엄마

너와 나란히 앉아 피아노 가르쳐 주던 엄마

함께 엎드려 무서운 이야기 듣던 엄마

유행하는 팝송 함께 부르던 엄마

노란빛 수면등 아래 책 읽어 주던 엄마

네 어릴 적 추억 속
언제나 내가 함께였으면 좋겠어

그게 너에게 줄 수 있는
최고의 선물이야

그리고 꼭 기억해 주길 바래
널 참 많이 사랑한 엄마라는 걸

내 사람 (결혼기념일을 기념하며)

여태껏 남의 편인 줄만 알았는데
아니었네요 내 사람

당신 웃음소리 유유들 웃음소리
오늘따라 더욱 사랑스러워요

아이들과 나를 위해
애써주는 내 사람

해도 뜨기 전 집을 나서는 뒷모습
나는 가만히 고마움만 전해요

당신도 힘들 때면
내 어깨에 기대세요

이제 나도 당신에게

버팀목이 되어 줄게요

오늘도 힘들었을 내 사람

감사하고 또 감사해요

나는 앞으로도

당신만 사랑하렵니다

감정의 노예

유독 그런 날이 있다
이성보다 감정이 앞서는

이성과 감정이 두 개의 인격으로
완벽히 분리되는 그런 날

호르몬 핑계 대기에는
너무도 강하게 나를 지배한다

헤어나 보려 애써 보지만
그럴수록.. 더 감정에 휘둘릴 뿐

오늘 이 순간
나는 감정의 노예

이유조차 알 수 없는 내 모습

떨쳐 내고 싶다 이겨 내고 싶다

나에게 쓰는 편지

너의 아픔과 우울함
너의 두려움과 슬픔

그동안 알아주지 못한
내가 너무 바보 같아 미안해

조금만 기다려 줘
내가 너에게 다가갈게

책을 읽고 글을 쓰며
서서히 너를 알아 갈게

그동안 눈 가리고 귀 막으며
알아주지 못해 미안해

조금만 기다려 줘

내가 너에게 다가갈게

너와 나의 마음 거리

너의 귀는 내 말을 담지 못하고
나의 귀도 네 말을 담지 못하고

너의 눈은 내 진심을 보지 못하고
나의 눈도 네 진심을 보지 못하고

너와 나의 소통 오류
너와 나의 공감 불능

손 뻗으면 닿을 거리
닿지 못하는 우리 마음

입김 불면 온기 닿을 거리
닿지 못하는 우리 사랑

너와 나의 소통 오류

너와 나의 공감 불능

막혀 버린 너와 나의 공감 통로

멀어지는 너와 나의 마음 거리

경단녀의 구직활동

없다, 없어

내 입맛에 맞는 조건이

없다, 없어

나를 불러 주는 곳이

신랑 월급 빼고 다 오른 물가

내가 도움 될 방법이 없다, 없어

에휴..

속상해

쓸데없는 걱정 병

있잖아
어느 날 갑자기 말이야

내 두 눈이 멀어
사랑하는 너희들
보지 못하면 어쩌지

내 두 귀가 먹어
따뜻한 너희들 목소리
듣지 못하면 어쩌지

내 입이 소리 잃어
소중한 너희들에게
사랑을 말하지 못하면 어쩌지

있잖아

어느 날 갑자기 말이야

내 마음이 얼어붙어

날 위해 주는 너희들 사랑

감사함을 모르면 어쩌지

내 머리가 고장 나

우리 함께한 모든 것들

다 잊어버리면 어쩌지

만약에

정말 그렇게 되면

난 어떻게 해야 하지

쓸데없는 생각인 것 알아

그런데 자꾸만 걱정이 돼

솔직하지 못해 슬픈 어른

머릿속 모든 생각

마음속 모든 감정

다 얘기할 순 없어

우린 어른이니까..

그럼 우린 언제

서로에게 솔직해지는 거야

그럼 우린 어떻게

서로 믿고 사랑할 수 있는 거야

..

어른이 된다는 건

참 슬픈 일인 것 같아

보이지 않는 가면 쓰고

마음을 숨길 수밖에 없으니 말이야

엄마 마음속 작은 불빛 밝혀 보면

엄마 마음속

작은 불빛 밝혀 보면

부모님 향한 존경과

신랑 향한 의리와

유유들 향한 사랑이

친구들 향한 정과

정체성 잃은 방황과

세월의 아쉬움이

내일 향한 희망과

헤어짐의 슬픔과

불투명함의 두려움이

엄마 마음속

작은 불빛 밝혀 보면

이 모든 감정으로 가득해

4부

겨울

거리에는 흰 눈이,
내 마음에는 사랑이

유유들아,

찬 바람 쌩쌩 부는 겨울이 오면

엄마는 온 세상이 꽁꽁 얼어붙을까 걱정이 돼.

그래도 밤사이 내린 함박눈이 거리를 덮으면

우리는 손을 마주 잡아 서로의 온기를 나누자.

그렇게 새하얀 겨울 눈이 내려 소복이 쌓이면

우리 마음에는 따뜻한 사랑이 가득 쌓일 거야.

그럼, 아무리 추운 겨울도 우리는 포근할 거야.

우리 올겨울도 열심히 사랑하자.

우리만의 따뜻한 겨울

거실 한가운데 카펫 깔고
전기장판은 빵빵하게
도톰한 담요 끌어다 덮고
새콤달콤 귤 바구니는 내 곁에
그리고 납작 배를 깔고 엎드리자

너의 손은 핸드폰을
나의 손은 책과 맥주를
시샘 가득한 찬 바람 쌩쌩 불어와
덜컹덜컹 창문을 두드려도
우리의 겨울은 따뜻하다

이런 널 어쩌면 좋니

엄마를 부르는 너의 빨간 입술
그렇게 예뻐도 되는 거야?

나 이렇게 즐거워도 되겠지?

엄마 냄새 맡는 너의 작은 코
그렇게 귀여워도 되는 거야?

나 이렇게 행복해도 되겠지?

엄마를 바라보는 너의 맑은 두 눈
그렇게 사랑스러워도 되는 거야?

나 이렇게 감사해도 되겠지?

엄마에게 전하는 너의 예쁜 미소

그렇게 해맑아도 되는 거야?

나 이렇게 널 사랑해도 되겠지?

이토록 소중하고 감사한 너

이런 널 어쩌면 좋니

엄마는 전화 공포증

잠자코 놓여 있던
전화기가 벨을 울리면
가슴이 콩닥콩닥
괜히 덜컥 겁이 난다

온몸으로 춤추며
노래 부르는 전화기
어서 보듬어 줄 생각 못 하고
가만히 바라만 본다

무슨 일로 나를 찾을까
무슨 말을 내게 할까
나는 어떤 목소리를 내야 할까
나는 무슨 말을 해야 할까

잠자코 놓여 있던

전화기가 벨을 울리면

가슴이 콩닥콩닥

괜히 덜컥 겁이 난다

눈썰매

아파트 옆 공원
나지막한 언덕배기

폭신폭신 하얀 눈
빨간 썰매 살짝 얹어

작은 두 손
꼭 잡아 쥔 썰매 끈

달그락달그락
끌고 올라가

하나, 둘
발을 굴러

슈웅— 미끄러져
신나는 슬라이딩

멈춰 선 썰매 위
넘치는 함박웃음

매서운 겨울바람
따뜻한 우리 가슴

사랑의 ASMR

엄마 이 소리 좀 들어 보세요
쫍쫍쫍
오늘 반찬이 딱 내 입맛이에요

엄마 이 소리 좀 들어 보세요
콩닥콩닥
내 심장이 예쁘게 뛰고 있어요

엄마 이 소리 좀 들어 보세요
뽀~옹
배부르게 먹은 저녁 소화 다 됐어요

엄마 이 소리 좀 들어 보세요
속닥속닥
사랑해요 엄마

있잖아요 엄마

나는 엄마가 너무 좋아요

우리 엄마라서 정말 행복해요

엄마의 손은 닳아 간다

Part 1. 유유들

네 손에 수저가 쥐어질 때면
나의 손엔 수세미가 쥐어지고
네 손이 연필을 잡을 때면
나의 손은 청소기를 집어 든다

네 손에 레고 조각이 쥐어질 때
나의 손엔 물걸레가 쥐어지고
네 손이 핸드폰을 집어 들 때면
나의 손은 밥주걱을 집어 든다

네 손이 나의 손만큼
아니 그보다 커질수록
보드라웠던 나의 손은

그렇게 촉촉함을 잃어 간다

Part 2. 우리 엄마

내 손이 연필을 잡았을 땐
엄마의 손은 바늘을 만들었고
내 손이 아픈 이들을 보살필 땐
엄마의 손은 늘 바삐 움직였다

내 손이 아이들 손을 잡았을 땐
엄마의 손은 항상 물에 젖어 있었고
내 손이 책장을 한 장씩 넘길 땐
엄마의 손은 새로운 생명을 키워 냈다

어느덧 나도 엄마만큼 나이 들고
두 아이 엄마가 되어
엄마 손이랑 나의 손은
서로 닮아 함께 닳아 간다

몸이 아프면 마음이 아프다는 것

오늘은 만사 제쳐 놓고
떼굴떼굴 좀 뒹굴까 봐

몸에 기운이 없는 것보다
마음이 좀 아픈 것 같아서

오늘은 말하지 않아도 누군가
내 마음을 좀 알아줬으면 좋겠는데

모두 바삐들 살아
나를 돌아봐 줄 겨를이 없나 봐

가만히 이불 속에 누워 토닥토닥
내가 나의 맘을 좀 다독여 줘야겠어

호~ 호~ 어서 나아라

호~ 호~ 어서 낫자

유전

나의 큰 눈
너의 낮은 코

나의 넓은 이마
너의 검은 눈썹

나의 진한 쌍꺼풀
너의 긴 속눈썹

나의 짧은 목
너의 기다란 손가락

나의 작은 키
너의 마른 몸

나의 유쾌함

너의 예민함

나의 발끈함

너의 과묵함

우리의 좋은 점 안 좋은 점

모든 것을 나누어 담은 유유들

신기하고 경이로운

유전의 힘

내가 먼저

내가 먼저 사랑을 말하니
유유들이 사랑을 담아 주네

내가 먼저 미움을 거두니
남편이 마음을 열어 주네

내가 먼저 진심을 건네니
친구들이 믿음을 전해 주네

먼저 내미는 용기
네가 아닌 날 위함인 것을

나의 작은 용기로
너와 내가 행복하네

받아들이는 마음

하얀 겨울 그렇게 매섭던 바람이
파란 여름엔 그렇게 반가워

뜨거운 여름 그렇게 피하고 싶던 태양이
차가운 겨울엔 그렇게 곁에 두고 싶어져

내 앞에 놓인 세상 모든 일
내 마음에 따라 다르게 와닿아

가벼운 일도 내 마음이 힘들면 무거웁게
무거운 일도 내 마음이 여유지면 가벼웁게

그렇게
내 앞에 놓인 세상 모든 일이
내 마음에 따라 다르게 와닿아

괴물을 만난 날 I

그토록 외면해 오던
괴물을 봐 버렸다

분노 찬 눈빛
칼날 품은 말투

유리에 비친
내 안의 괴물을 봐 버렸다

어쩌면 악마라는
표현이 더 맞을까

부모의 사랑을 배운 그날
나는 봐 버렸다

내 속의 악마를

내 아이의 두려움을

괴물을 만난 날 Ⅱ

너도 봤겠지
내 안의 괴물을

무섭고 아팠겠지
슬프고 억울했겠지

하지만 말하지 못했겠지
두려움을 맘에 담아 뒀겠지

너는 작고 연약한 아이니까
수긍할 수밖에 없었겠지

아프다, 내 마음이
찢어진다, 내 가슴이

너의 눈빛과 표정을
나는 잊을 수가 없다

혼자 맘 추스르고서
언제 그랬냐는 듯 웃는 너

나는 함께 웃을 수가 없다
고개 들어 널 볼 수조차 없다

미안하다, 미안하다
진심으로 미안하다

용서해다오, 용서해다오
진심으로 사과하마

네가 열어 준 세상

엄마라는 이름을
나에게 선물해 주며
열어 준 새로운 세상
화려한 무도회 같아

나의 손 위에
너의 손을 얹어 잡고
서로의 발을 맞춰
사랑의 춤을 추자

네가 열어 준 세상은
낯설지만 아름다웠고
어렵지만 황홀했으며
나를 찬란히 빛나게 한다

창밖 흩날리는 흰 눈송이가
우리에게 손짓하던 그 겨울날

폭신하게 온몸을 감싸고
너와 함께 찾아간 하얀 눈밭

콩콩 발 도장 찍고
톡톡 눈 오리 만들고

데굴데굴 눈사람 세우고
쌩쌩 눈썰매 달리고

창밖 흩날리는 흰 눈송이가
우리에게 손짓하던 그 겨울날

우리의 작은 손으로

꽁꽁 행복을 뭉쳐서

차가워진 몸 녹이고

즐거운 마음 부풀리고

나는 너에게 추억을

너는 나에게 사랑을

사랑해

내 곁에 누워 곤히 잠든
너에게 속삭여 주고 싶어
사랑해

두 팔 벌려 나를 안아 주는
너에게 속삭여 주고 싶어
사랑해

나를 보며 환하게 웃는
너에게 속삭여 주고 싶어
사랑해

나에게 꽃을 선물해 주는
너에게 속삭여 주고 싶어
사랑해

내 음식을 맛나게 먹어 주는

너에게 속삭여 주고 싶어

사랑해

지친 나의 손을 꼭 잡아 주는

너에게 속삭여 주고 싶어

사랑해

사랑해, 사랑해

너의 존재만으로도

너무 감사해

엄마는 겨울이 싫어

추위를 많이 타서
찬바람이 더욱 시려
엄마는 겨울이 싫어

한 번에 챙기기 힘든
두꺼운 옷이 버거워
엄마는 겨울이 싫어

종일 틀어대는 보일러
가스비 폭탄이 두려워
엄마는 겨울이 싫어

해가 긴 여름과 달리
짙은 밤이 한참 길어
엄마는 겨울이 싫어

끝나지 않을 것 같은

겨울방학이 부담스러워

엄마는 겨울이 싫어

달콤한 붕어빵

코끝 시린 겨울바람에
꽁꽁 언 손 호호 입김 불고
꽁꽁 언 발 동동 구르고

한참을 추위와 실랑이하다
건네받은 붕어빵 6마리
아, 따뜻하다

달달한 앙꼬 품은 붕어빵
예쁜 사랑 품은 유유들
어서 가서 아빠랑 같이 먹자

내가 웃고 있어

오늘 하루 고생했다고
다독여주는 신랑 보고
내가 웃고 있어

꽁냥꽁냥 잘 노는
유유들 바라보고 있는
내가 웃고 있어

각자의 방식으로
날 위해 주는 친구들 보며
내가 웃고 있어

삶의 지혜와 감동 주는
멋진 책 읽으며
내가 웃고 있어

진정한 나를 찾기 위해
글을 써 내려가는
내가 웃고 있어

몽글몽글 사랑 이야기로
설레게 하는 드라마 보며
내가 웃고 있어

말 못 하는 마음 보듬어 주는
음악 듣고 그림 보며
내가 웃고 있어

뜻대로 되는 일 없다며
아파하고 눈물 흘리던 내가
그런 내가 웃고 있어

멍

어
이거 뭐지
언제 다쳤지
어디 부딪혔었던가

흠
다칠 일이 있었나
기억이 안 나는데
아픈 줄도 몰랐네

엄마가 되고서부터
지은이는 지은이에게
너무 무심해졌다

미안해 지은아

너의 눈에서

힘든 하루의 끝에
너의 눈에서 사랑을 봤어

지금의 모습도 괜찮다고
충분히 사랑스러운 엄마라고

힘든 하루의 끝에
너의 눈에서 사랑을 봤어

부족함을 자책하지 말라고
나의 애씀을 알고 있다고

그렇게 나는
반짝이는 너의 두 눈에서
나에 대한 사랑과 믿음을 봤어

엄마의 비애

근무시간 9 to 6은 꿈같은 얘기고

사표를 낸다고 그만둘 수도 없고

나이 들어 챙길 퇴직금도 없고

매일 야근은 두말할 것도 없고

아이가 아팠다 하면 철야는 당연지사

청소도 해야 하고

요리 설거지도 해야 하고

빨래도 해야 하고

마음도 들여다봐 줘야 하고

학교 행사도 참석해야 하고

병원도 데리고 다녀와야 하고

하교 후 간식도 챙겨 줘야 하고

책도 읽어 줘야 하고

문제 풀이도 봐줘야 하고

함께 운동도 해야 하고

때맞춰 나들이도 가야 하고

.. ..

신은 모든 곳에 있을 수 없어

엄마를 만들었다지만

모든 일을 다 해낼 수 없는 엄마는

강렬하게 소망할 뿐이다

슈.퍼.우.먼이 되기를

진실한 친구

나에게 진실한 친구란

빨간 상처 위 반창고이고

건빵 속 별사탕이고

밤하늘의 별똥별이고

비 오는 날의 우산이고

거친 파도 속 튜브고

한여름 열대야의 에어컨이고

한겨울 손안의 핫팩이고

고속도로 위 졸음쉼터고

힘든 하루 끝의 치맥이고

술 먹은 다음 날의 해장국이고

언제나 그곳에 서 있는 큰 나무다

산타클로스의 정체

엄마 산타클로스는 진짜 있어요?

그럼 작년에도 선물 주고 가셨잖아

맞아, 맞아

기·카(Gift card)랑 책 선물 받았어요

엄마 산타클로스는 진짜 있어요?

그럼 편지도 써 두고 가셨잖아

맞아, 맞아

글씨체가 엄마 아빠랑 달랐어요

엄마 산타클로스는 진짜 있어요?

그럼 우리가 준비해 둔 간식도 드시고 가셨잖아

맞아, 맞아

바빠서 과자랑 젤리 다 못 드시고 가셨어요

그런데 엄마

친구들이 진짜 산타클로스는 없대요

엄마 아빠가 밤사이 선물을 놓아두는 거래요

그런데 애들아

산타할아버지는 할아버지를 믿는 친구들한테만

찾아와 선물을 놓아두고 가시는 거래

아 그렇구나

우리는 산타할아버지 믿어요

그러니 올해도 선물 놓고 가시겠죠?

이번에는 무슨 선물을 보내 달라고 하려나

귀여운 초등생 유유들은

올해도 산타할아버지에게 소원을 빌어 본다

올해도 내가 너희를 속이는 거니

너희가 나를 속이는 거니

아니면 내가 너희한테 속아 주는 거니

너희가 나한테 속아 주는 거니

눈물 베개

잠이 오지 않는 깊은 밤
또르륵 눈물이 흐른다

깊어진 우리 아빠 주름살에 한 방울
에구구 우리 엄마 앓는 소리에 한 방울

가장의 무게에 처진 신랑 어깨에 한 방울
오늘 아이들에게 한 쓴소리에 한 방울

현실을 애써 무시한 내 못난 마음에 한 방울
비틀거리는 날 잡아주는 인연들에 한 방울

잠이 오지 않는 깊은 밤
눈물방울이 내 베갯잇을 적신다

돌아오고 싶은 그곳

어른이 되어
어서 떠나고 싶은 곳이 아니라

어른이 되어서도
언제든 돌아오고 싶은 곳

너희들에게 그곳이
부담 아닌 쉼을 줄 수 있는 곳이기를

너희들에게 그곳이
우리가 기다리고 있는 이 집이기를

무드등 아래 누워

무드등 아래 누워
사랑하는 사람과
사랑을 속삭이다가

무드등 아래 누워
사랑하는 아이에게
젖을 물리다가

무드등 아래 누워
사랑하는 나를 위해
나만의 미래를 그린다

안녕 (Hi & Good-bye)

안녕(Hi) 나의 천사
반갑게 인사하며
만난 나의 아이들

한해 한해 커가며
품 안의 아이를
조금씩 내려놓는다

너와 나
우리 지금
두 손 맞잡고 걷지만

시간이 흐를수록
손가락 하나하나
놓아주게 되겠지

언젠가는

잡은 그 손 모두 놓고

어깨 맞춰 나란히 걷다

또 그 언젠가는

나를 앞서 홀로

힘차게 걸어가겠지

그런 너의 뒷모습 보며

나는 손 흔들며 인사해야지

안녕(Good-bye) 나의 천사

Happy New Year

변함없이 한결같지만

보신각 종소리 울리고

맞이하는 너의 모습

그 어느 때보다 황홀하다

너의 눈부신 모습에

나의 흘러간 시간

기억 속 한편에 묻히고

나는 새로이 일 년을 맞이한다

또 한 번의 기회로

나에게 주어진 시간

365일 8,760시간 525,600분

소중하고 감사한 시간

조금 더 성장하기를

조금 더 행복해지기를

그리고 충분히 아름답기를

Happy New Year

유유들과 함께 한 1년

따뜻한 봄이 오면
봄바람 우유에
벚꽃 시리얼 말아 함께 먹고

뜨거운 여름이면
싱그러운 초록 한 조각에
시원한 소나기 한잔을

선선한 가을이 오면
알록달록 단풍 사탕 한가득 넣어
입안 가득 가을 향기 머금고

차가운 겨울이면
함박 빙수에 새콤달콤 귤 토핑 올려
가슴에 눈사람 만든다

올해도 유유들과 함께

머릿속엔 달콤한 추억을

마음속엔 상큼한 사랑을 채웠다

엄마는 여전히 성장 중

무난히 학창 시절을 보내고

성인이 되면 경제적 독립을 하고

아름다운 사랑을 하다가

결혼하고 아이를 낳고

충실히 엄마 역할을 하면

절로 온전한 어른이 되어

남은 삶 적당히 즐기면 될 줄 알았다

하지만

몸과 달리 미처 성장하지 못한

마음에는 언제나 힘듦이 있었고

편안함에 안주하려 하면

항상 위기는 찾아왔다

나이는 숫자에 불과했고

언제나 난 그 나이에 미치지 못했다

그래서 또 성장해야 했다

아내로서 남편과 함께

엄마로서 아이들과 함께

그렇게 나는 조금씩 성장하고 있다

혼자만의 시간을 알차게 채워 가며

책을 읽고 글을 쓰면서

나와 너를 알아 가면서

에필로그

꾸준히 시를 써서 2022년 연말에 시집을 출간해 보겠다고 다짐하고서 2년이라는 시간이 흘렀습니다. 항상 꾸준함이 부족했던 저는 약속 시간을 결국 지키지 못했습니다. 그래도 쉽게 포기하지 않는 근성이 있었던지 2024년 가을, 드디어 시집을 완성했습니다. 엄마가 된 후, 유유맘이 아닌 '윤지은'이 처음 해낸 일이었습니다.

짧막한 끄적임을 시로 다듬고, 일상과 생각을 시로 담는 것은 오롯이 저에게 집중한 시간이었습니다. 그것은 잊힌 '나'를 다시 알아 가는 시간이었습니다. 하루를 시작하며 컨디션은 어떤지, 기분은 어떤지, 어떤 날씨를 좋아하는지, 어떤 계절을 좋아하는지, 어떤 음식을 좋아하는지, 해 보고 싶었던 것은 무엇인지, 무슨 생각을 하고 있는지…. '나'에게 관심을 가지고 다독여주는 것이 얼마나 큰 힘이 되는지 모릅니다.

시를 쓰며 저 자신을 보듬어 주니 마음의 여유가 생겼습니다. 마음의 여유가 생기니 마냥 흘려보냈던 저의 사계절이 의미를 갖게 되었습니다.

벚꽃잎이 비에 젖어 꽃비가 되어 내리는 봄은 아이들과 약속을 하는 계절이 되었고, 뜨거운 열기에 무더위가 밤낮으로 숨통 막히게 하는 여름은 시원하게 내리는 비에 제 마음을 다독이는 계절이 되었습니다. 찬기 살짝 머금은 바람이 불어오는 가을은 푸른 하늘과 새하얀 구름 덕에 자꾸 고개를 들게 하는 계절이 되었고, 매서운 추위에 마냥 싫기만 하던 겨울은 아이들과의 추억으로 포근해지는 마음 덕에 기다려지는 계절이 되었습니다. 이제는 이 모든 계절이 저에게 너무 소중하고 감사한 시간입니다.

저의 미미한 끄적임이 한 권의 시집으로 열매를 맺기까지 감사한 분들이 참 많습니다. 이 자리를 통해 감사한 마음을 전해드리고 싶습니다.

독서와 글쓰기의 힘을 가르쳐 주신 밀알샘께 제일 먼저 감사한 마음을 전하고 싶습니다. 선생님 덕분에 무심히 흘러가던 시간을 의미 있는 일들로 채우고, 이렇게 성장할 수 있었습니다. 선생님께서는 저의 든든한 멘토이시자, 진정한 스승님이십니다.

그리고 저의 모든 시간이 아름다울 수 있도록 함께해 준 유유들과 남편에게 감사함을 전합니다. 아내와 엄마라는 이름표를 달아 주어 제 인생에서 귀한 경험을 할 수 있게 해 줌에 감사합니다.

끝까지 시집을 마무리할 수 있게 도와준 친정엄마와 나의 흑진주 선효, 사랑스러운 여인 선경 언니, 항상 저의 글이 좋다며 계속 쓰기를 응원해 준 중국어 선생님 예화와 아름다운 슬비, 책을 읽으며 함께 성장해 준 '다독다독' 책 벗들에게도 감사함을 전합니다.

작가의 꿈을 이룰 수 있게 해 주신 미다스북스 류종열 대표님, 저를 다독여 시집의 완성도를 높여 주신 김은진 편집자님과 미다스북스 가족 모두에게 진심으로 감사 인사드립니다. 덕분에 저의 마음을 세상의 모든 엄마와 함께 나눌 수 있게 되었습니다.

저는 앞으로도 꾸준히 글을 쓰며 '지은이 찾기' 여정을 이어 나가려 합니다. 이 책을 읽은 모든 엄마께서도 바쁜 일상에 잠깐의 쉼을 내어 자신을 바라봐 주고 그것을 짧은 끄적임으로 남겨보길 가만히 권해 봅니다. 그 끄적임이 당신의 모든 시간을 아름답게 만들어 줄 것입니다.

2024년 초록이 붉게 물드는 어느 가을날,
윤지은이 당신에게 전합니다.

잊지 마세요,

존재만으로도

소중한 당신입니다.